CAPITULATIONS

OU

TRAITÉS

ANCIENS ET NOUVEAUX,

ENTRE

LA COUR DE FRANCE

ET

LA PORTE OTTOMANE,

Renouvelés & augmentés l'an de J. C. 1740,
& de l'Égire 1153.

TRADUITS À CONSTANTINOPLE

*Par le Sieur DEVAL, Secrétaire-interprète du Roi,
& son premier Drogman à la Cour Ottomane,* 1761.

A PARIS,

DE L'IMPRIMERIE ROYALE.

M. DCCLXX.

PRÉFACE
DU TRADUCTEUR.

LES Traités de la France avec la Porte, étant le fondement de la fûreté des François dans les États du Grand-Seigneur, la règle du commerce qu'ils y font, & la bafe de l'exercice de la Religion en Turquie, les François qui réfident dans le Levant, ne fauroient trop connoître le fort & le foible de ces Traités, pour y proportionner, chacun fuivant fon état, fes démarches & fes opérations. L'on ne doit pas attendre pour cela des circonftances difficiles ni des affaires de difcuffion, d'autant plus qu'il arrive fouvent qu'après avoir trouvé chez les Officiers Turcs certaines facilités, on eft enfuite expofé, même dans des cas femblables, à éprouver de leur part des difficultés contre lefquelles on ne s'étoit raffuré que fur des préjugés peu fondés: Si cette alternative dans les procédés des Turcs, provient souvent de leur part, elle ne trouve pas moins d'appui dans la tournure quelquefois louche, & dans les expressions plus ou moins foibles de certains articles des Capitulations *, qui n'étant pas rendus bien exactement dans la traduction, engagent les Négocians , & plus encore les Missionnaires, dans des licences auxquelles ils se croient autorisés par les Capitulations, & peuvent compromettre les Ambassadeurs & les Consuls dans des contestations désagréables vis-à-vis des Officiers Turcs. Il étoit bien difficile que ces observations échappassent à l'attention particulière que M. le Chevalier de Vergennes a constamment donnée aux affaires relatives à son Ministère à la Porte : C'est pourquoi voulant prévenir les abus & les embarras qui étoient une suite nécessaire de quelques défectuosités répandues dans la traduction des Capitulations , qui , par elles-mêmes, ne donnent que trop de prises aux sub-

---

* *Nota.* Ce Traité, auquel l'ancien usage a donné le nom de Capitulation, n'est autre chose que des Lettres de priviléges, & suivant l'expression orientale, un Diplome impérial portant sermens.

tilités de la chicane; cet Ambaſſadeur a deſiré qu'il en fût fait une nouvelle qui pût ſervir de règle à toutes les perſonnes qui ſont dans le cas de ſoutenir ou de jouir des priviléges qu'elles renferment.

C'eſt par l'ordre de cet Ambaſſadeur, & pour ſeconder ſes vues, que j'ai travaillé à celle-ci avec l'exactitude la plus ſcrupuleuſe; les expérts en langue Turque s'apercevront aiſément que dans l'exécution de cet ouvrage, j'ai eu pour principe, que la traduction d'un Traité n'eſt véritablement bonne qu'autant qu'elle eſt littérale, & c'eſt pour la même raiſon que j'ai laiſſé dans celle-ci plu-ſieurs noms Turcs, ſoit de charges, ſoit de droits, dans la crainte d'en altérer le ſens par des noms François, qui n'en auroient rendu qu'imparfaite-ment la ſignification.

M'étant enſuite aperçu que dans différens exemplaires, les articles y étoient ſéparés arbi-trairement, j'ai eu la précaution de collationner le mien ſur l'original des Capitulations, gardé dans la Chancellerie de cette Ambaſſade; j'y ai obſervé que les articles y ſont ſans alinéa & ſans

numéros, mais diftingués feulement par trois
gros points en or, ce qui conféquemment ne
formant qu'un corps de privilèges renouvelés &
augmentés en différens temps, j'ai cru devoir en
numéroter les articles dans ma traduction, fans
diftinction d'anciennes & de nouvelles, en me
conformant fimplement aux points d'or de l'original, & en ajoutant des notes marginales pour
en faire connoître les renouvellemens principaux
avec leurs additions; enfin, comme l'ordre des
matières eft fort peu fuivi dans la difpofition des
articles, & qu'il eft aifé de n'en pas apercevoir
certains qui font touchés plus ou moins avanta-
geufement fur des objets égaux, j'ai formé un
index relatif aux quatre états des perfonnes fpécifiées dans l'article 84; j'y ai rapproché, autant
qu'il étoit poffible, les différentes matières, fuivant
leur relation réciproque, & j'ai marqué d'une
étoile à la marge, certains points qui portent fur
un objet différent de l'article dont ils font partie,
afin que comme on le pratique déjà, on puiffe
les démembrer dans les requêtes, pour ne pas
multiplier les êtres, ou pour telle autre fin que
de raifon.

Quelques curieux auroient peut-être vu ici avec plaisir un abrégé historique des Capitulations; mais outre que cette digression seroit inutile au but qu'on s'est proposé, il suffit de savoir sommairement que François Ier *(a)* a été le premier de nos Rois qui a fait des Traités avec la Porte, & qu'il obtint en 1535, de Soliman le Canoniste *(b)*, les premières Capitulations en faveur du commerce & de la religion Catholique dans les États du Grand-Seigneur; qu'en 1604, Henri IV en obtint du Sultan Ahmed Ier le renouvellement avec quelques additions; qu'en 1673 elles furent renouvelées & augmentées sous le règne du Sultan Mehemed IV, à la réquisition de Louis XIV;

(a) Extrait de l'Histoire manuscrite des Traités de la France avec les Puissances étrangères.

(b) Les Auteurs grecs appellent ce Prince Soliman II, & les Turcs l'appellent Soliman tout court; celui que les Grecs appellent Soliman Ier n'étant cité dans les Histoires turques que sous le nom de Soliman-Bey, l'un des fils de Bajazed, qui disputa pendant quelques années avec ses frères Yssa & Moussa-Beys, un trône dont ils ne jouirent ni les uns ni les autres, & qui resta à Sultan Mehemed Ier leur quatrième frère, lequel mit fin à cette anarchie. Soliman, dont il est question ici, étant l'auteur des Canons de l'empire Ottoman, je l'ai surnommé le *Canoniste,* d'après Démétrius-Cantimir.

& qu'enfin en 1740, le Roi a obtenu du Sultan Mahmoud, le renouvellement & les additions confidérables qui forment aujourd'hui la moitié des articles de ce Traité.

Les Ambaffadeurs de France à Conftantinople, auxquels il peut importer de connoître les particularités de ces négociations, en trouveront un abrégé dans la Chancellerie de cette Ambaffade; dans un volume *in-folio* intitulé: *Mémoire fur les Capitulations & les Traités.* Ils y liront auffi avec fatisfaction les Commentaires fur les articles obtenus lors du dernier renouvellement, & des obfervations fur différentes révolutions concernant les Saints Lieux, tous articles intéreffans pour cette Ambaffade, dont il n'eft pas hors de propos que M.ᴿˢ les Ambaffadeurs foient ici prévenus.

INDEX

INDEX,

Suivant l'ordre des quatre états de perſonnes déſignées dans l'article 84.

ARTICLES

Concernant les Ambaſſadeurs, les Conſuls, les Drogmans & la juridiction ou protection, pour la tranquillité des François dans les États du Grand-Seigneur, ſoulignés dans le préambule.

b ij

ARTICLES

Concernant les Négocians & les Artisans, Commerce,
Droits, Exemptions.

ARTICLES

*Concernant les Capitaines & les Gens de mer,
Corfaires, &c.*

ARTICLES

ARTICLES

Concernant les Évêques, Religieux & Églises.

A

*

L'Empereur Sultan MAHMOUD, fils de Sultan MOUSTAPHA, toujours victorieux.

VOICI ce qu'ordonne ce Signe glorieux & impérial, conquérant du Monde, cette marque noble & sublime, dont l'efficacité procède de l'assistance divine.

Moi, qui par l'excellence des faveurs infinies du Très-Haut, & par l'éminence des miracles remplis de bénédiction du Chef des Prophètes (à qui soient les saluts les plus amples, de même qu'à sa famille & à ses compagnons), suis le Sultan des glorieux Sultans, l'Empereur des puissans Empereurs, le distributeur des couronnes aux Cosroés qui sont assis sur les trônes, l'ombre de Dieu sur la terre, le serviteur des deux illustres & nobles villes de la Mecque & de Médine, lieux augustes & sacrés où tous les Musulmans adressent leurs vœux, le protecteur & le maître de la sainte Jérusalem ; le Souverain des trois grandes villes de Constantinople, Andrinople & Brousse, de même que de Damas odeur de Paradis, de Tripoli

---

* Mots entrelassés dans le chiffre du Grand-Seigneur.

A ij

de Syrie; de l'Égypte, la rareté du siècle & renommée
pour ses délices; de toute l'Arabie; de l'Afrique, de
Barca, de Cairovan, d'Alep, des Irak, Arab &
Adgem; de Bassora, de Lahsa, de Dilem, & particulièrement de Bagdad, capitale des Khalifes; de
Rakka, de Mossoul, de Chehrezour, de Diarbekir,
de Zulkadrie, d'Erzerum la délicieuse; de Sébaste,
d'Adana, de la Caramanie, de Kars, de Tchildir, de
Van; des îles de Morée, de Candie, Chypre, Chio
& Rhodes; de la Barbarie, de l'Éthiopie; des places
de guerre d'Alger, de Tripoli & de Tunis; des îles
& des côtes de la Mer blanche & de la Mer noire;
des pays de Natolie & des royaumes de Romélie; de
tout le Kurdistan, de la Grèce, de la Turcomanie,
de la Tartarie, de la Circassie, du Cabarta & de la
Géorgie; des nobles tribus des Tartares & de tous les
hordes qui en dépendent; de Caffa & autres lieux
circonvoisins; de toute la Bosnie & dépendances; de
la forteresse de Belgrade, place de guerre; de la Servie,
de même que des forteresses & châteaux qui s'y
trouvent; des pays d'Albanie, de toute la Valachie,
de la Moldavie, & des forts & fortins qui se trouvent
dans ces cantons; possesseur enfin de nombre de villes
& de forteresses, dont il est superflu de rapporter &
de vanter ici les noms: Moi qui suis l'Empereur, l'asile
de la justice & le Roi des Rois, le centre de la victoire, le

Sultan fils de Sultan, l'Empereur Mahmoud le conquérant, fils de Sultan Muftafa, fils de Sultan Muhammod :
Moi qui par ma puiffance, origine de la félicité, fuis
orné du titre d'Empereur des deux Terres, & pour
comble de la grandeur de mon Califat, fuis illuftré
du titre d'Empereur des deux Mers.

La gloire des grands Princes de la croyance de
Jéfus, l'élite des Grands & Magnifiques de la religion
du Meffie, l'arbitre & le médiateur des affaires des
nations Chrétiennes, revêtu des vraies marques d'honneur & de dignité, rempli de grandeur, de gloire
& de majefté, l'Empereur de France & d'autres vaftes
royaumes qui en dépendent, notre très-magnifique,
très-honoré, fincère & ancien ami, L O U I S XV,
auquel Dieu accorde tout fuccès & félicité, ayant
envoyé à notre augufte Cour qui eft le fiége du
Califat, une lettre, contenant des témoignages de la
plus parfaite fincérité & de la plus particulière affec-
tion, candeur & droiture, & ladite lettre étant defti-
née pour notre fublime Porte de félicité, qui, par
la bonté infinie de l'Etre fuprême inconteftablement
majeftueux, eft l'afile des Sultans les plus magnifiques
& des Empereurs les plus refpectables; le modéle des
Seigneurs chrétiens, habile, prudent, eftimé & honoré
Miniftre, Louis-Sauveur Marquis de Villeneuve, fon
Confeiller d'État actuel, & fon Ambaffadeur à notre

Porte de félicité (dont la fin foit comblée de bonheur)
auroit demandé la permiſſion de préſenter & de remettre
ladite lettre, ce qui lui auroit été accordé par notre
conſentement impérial, conformément à l'ancien uſage
de notre Cour; & conſéquemment ledit Ambaſſadeur
ayant été admis juſque devant notre Trône impérial,
environné de lumière & de gloire, il y auroit remis
la ſuſdite lettre, & auroit été témoin de Notre Majeſté, en participant à notre faveur & grâce impériale;
enſuite la traduction de ſa teneur affectueuſe auroit été
préſentée & rapportée, ſelon l'ancienne coutume des
Ottomans, au pied de notre ſublime Trône, par le
canal du très-honoré Elhadjy Mehemmed Pacha,
notre premier Miniſtre, l'interprète abſolu de nos
ordonnances, l'ornement du monde, le maintien du
bon ordre des peuples, l'ordonnateur des grades de
notre empire, l'inſtrument de la gloire de notre cou-
ronne, le canal des grâces de la Majeſté royale, le
très-vertueux Grand-Viſir, mon vénérable & fortuné
Miniſtre Lieutenant général, dont Dieu faſſe perpétuer
& triompher le pouvoir & la proſpérité.

Et comme les expreſſions de cette lettre amicale,
font connoître le déſir & l'empreſſement de Sa Majeſté,
à faire, comme par ci-devant, tous honneurs & ancienne amitié juſqu'à préſent maintenus depuis un temps
immémorial entre nos glorieux ancêtres (ſûr qui ſoit

la lumière de Dieu) & les très-magnifiques Empereurs de France ; & que dans ladite lettre il eſt queſtion, en conſidération de la ſincère amitié & de l'attachement particulier que la France a toujours témoigné à notre Maiſon impériale, de renouveler encore, pendant l'heureux temps de notre glorieux règne, & de fortifier & éclaircir, par l'addition de quelques articles, les capitulations impériales, déjà renouvelées l'an de l'Égire 1084, ſous le règne de feu Sultan Mehemed notre auguſte aïeul, noble & généreux pendant ſa vie, & bienheureux à ſa mort ; leſquelles capitulations avoient pour but * *que les Ambaſſadeurs, Conſuls, Interprètes, Négocians & autres ſujets de la France, ſoient protégés & maintenus en tout repos & tranquillité*, & qu'enfin il eſt parvenu à notre connoiſſance impériale qu'il a été conféré ſur ces points entre ledit Ambaſſadeur & les Miniſtres de notre Sublime Porte : les fondemens de l'amitié qui, depuis un temps immémorial, ſubſiſte avec ſolidité entre la Cour de France & notre Sublime Porte, & les preuves convaincantes que Sa Majeſté en a donné particulièrement du temps de notre glorieux règne, faiſant eſpérer que les liens d'une pareille

---

* Ce paſſage étant la baſe de tous les priviléges des François en Turquie, il ſert ſouvent de motif dans les requêtes des Ambaſſadeurs, & de fondement aux Firmans du Grand-Seigneur ; c'eſt pourquoi il ſera noté dans l'Index.

amitié ne peuvent que se resserrer & se fortifier de jour en jour ; ces motifs nous ont inspiré des sentimens conformes à ses desirs : Et voulant procurer au commerce une activité, & aux allans & venans une sûreté, qui sont les fruits que doit produire l'amitié; non-seulement, Nous avons confirmé par ces présentes dans toute leur étendue, les capitulations anciennes & renouvelées, de même que les articles insérés lors de la susdite date; mais pour procurer encore plus de repos aux Négocians, & de vigueur au commerce, Nous leur avons accordé l'exemption du droit de *Mézeterie* qu'ils ont payé de tout temps, de même que plusieurs autres points concernant le commerce & la sûreté des allans & venans, lesquels ayant été discutés, traités & réglés en bonne & dûe forme dans les diverses conférences qui se sont tenues à ce sujet entre le susdit Ambassadeur, muni d'un pouvoir suffisant, & les personnes préposées de la part de notre Sublime Porte. Après l'entière conclusion de tout, mon suprême & absolu Grand-Visir en auroit rendu compte à notre Étrier impérial, & notre volonté étant de témoigner spécialement en cette occasion le cas & l'estime que nous faisons de l'ancienne & constante amitié de l'Empereur de France, qui vient de nous donner des marques particulières de la sincérité de son cœur, Nous avons accordé notre Signe impérial pour l'exécution

des

des articles nouvellement conclus; & conféquemment les capitulations anciennes & renouvelées, ayant été tranfcrites & rapportées exactement, mot pour mot au commencement, & fuivi des articles nouvellement réglés & accordés; ces préfentes Capitulations impériales auroient été remifes & confignées dans l'ordre fufdit, entre les mains dudit Ambaffadeur : Et pour l'exécution d'icelles, le préfent commandement impérial feroit émané dans les termes fuivans; favoir :

1.

L'ON n'inquiètera point les François qui vont & viendront pour vifiter Jérufalem, de même que les Religieux qui font dans l'églife du Saint-Sépulcre, dite *Kamama*.

2.

LES Empereurs de France n'ayant eu aucun procédé qui pût porter atteinte à l'ancienne amitié qui les unit avec notre Sublime Porte, fous le règne de feu l'Empereur Sultan Selim, d'heureufe mémoire, il auroit été accordé aux François un commandement impérial pour la levée ci-devant prohibée des cotons en laine, cotons filés & cordouans : Maintenant, en confidération de cette parfaite amitié, comme il a déjà été inféré dans les capitulations, que perfonne ne puiffe les empêcher d'acheter des cires & des cuirs, dont la fortie étoit défendue du temps de nos magnifiques Aïeux, ce privilége leur eft confirmé comme par le paffé.

B

3.

ET comme par ci - devant , les marchands & autres François n'ont point payé de droits fur les piaftres qu'ils ont apportées de leur pays dans nos États , on n'en exigera pas non plus préfentement ; & nos Tréforiers & Officiers de la monnoie ne les inquièteront point , fous prétexte de fabriquer des monnoies du pays avec leurs piaftres.

4.

SI des marchands François étoient embarqués fur un bâtiment ennemi , pour trafiquer (comme il feroit contraire aux loix de vouloir les depouiller & les faire efclaves , parce qu'ils fe feroient trouvés dans un navire ennemi *) , l'on ne pourra , fous ce prétexte , confifquer leurs biens , ni faire efclaves leur perfonne , pourvu qu'ils ne foient point en acte d'hoftilité fur un bâtiment corfaire , & qu'ils foient dans leur état de marchand.

5.

SI un François , ayant chargé des provifions de

---

* Le mot de *harby*, employé ici & dans plufieurs autres endroits des Capitulations , ne veut pas dire tout-à-fait ennemi , & fignifie littéralement *militaire* ou *relatif* à la guerre : il s'entend particulièrement des Nations chrétiennes qui ne font point en traité avec la Porte , & généralement de toutes les Nations ennemies ou amies , chez lefquelles le Mufulmanifme n'eft pas profeffé ouvertement. Il reviendroit affez au titre de *barbare* que les Grecs & les Romains donnoient à toutes les Nations étrangères.

bouche en pays ennemi, fur fon propre vaiffeau, pour les tranfporter en pays ennemi, étoit rencontré par des bâtimens Mufulmans, on ne pourra prendre le vaiffeau, ni faire efclaves les perfonnes, fous prétexte qu'ils tranfportent des provifions à l'ennemi.

6.

Si quelqu'un de nos fujets emportoit des provifions de bouche, chargées dans les États Mufulmans, & qu'il fût pris en chemin, les François qui fe trouveroient à la folde dans le vaiffeau, ne feront point fait efclaves.

7.

Lorsque des François auront acheté de plein gré, des provifions de bouche des navires Turcs, & qu'il feront rencontrés par nos vaiffeaux, tandis qu'ils s'en vont dans leur pays, & non en pays ennemi, ces vaiffeaux François ne pourront être confifqués, ni ceux qui feront dedans, faits efclaves ; & s'il fe trouve quelque François pris de cette manière, il fera élargi, & fes effets reftitués.

8.

Les marchandifes qui, fous le bon plaifir de l'Empereur de France, feront apportées de fes États dans les nôtres par leurs marchands, de même que celles qu'ils emporteront, feront eftimées au même prix qu'elles l'ont été anciennement pour l'exaction de douane, qui fe percevra de la même façon, fans qu'il foit fait aucune augmentation fur l'eftime defdites marchandifes.

9.

ON n'exigera la douane que des marchandises débarquées pour être vendues, & non de celles qu'on voudra transporter dans d'autres Échelles, à quoi il ne sera mis aucun empêchement.

1 0.

ON n'exigera d'eux, ni le nouvel impôt de *Kassabié*, ni *Resi*, ni *Badj*, ni *Yassak*, *Kouly*, & pas plus de trois cents aspres pour le droit de bon voyage, dit *Selametlik resmy* *.

1 1.

QUOIQUE les corsaires d'Alger soient traités favorablement, lorsqu'ils abordent dans les ports de France, où on leur donne de la poudre, du plomb, des voiles & autres agrès; néanmoins ils ne laissent pas de faire esclaves les François qu'ils rencontrent, & de piller le bien des marchands, ce qui leur ayant été plusieurs fois défendu sous le règne de notre Aïeul, de glorieuse mémoire, ils ne se seroient point amendés; bien loin de donner mon consentement Impérial à une pareille conduite, nous voulons que, s'il se trouve quelque

---

* *Nota*. D'anciennes traductions, sans autorité du texte, ont attribué ces droits à la boucherie, aux cuirs, aux buffles & à la garde des ports. Cependant l'expérience ayant fait voir que ces droits ne sont pas restreints à ces articles seulement, & que les François ont joui de ces immunités indistinctement; il est bien plus naturel & plus avantageux d'expliquer l'article littéralement, & conséquemment sans restriction.

François fait efclave de cette façon, il foit mis en liberté, & que fes effets lui foient entièrement reftitués: Et fi dans la fuite, ces corfaires perfiftent dans leur défobéiffance, fur les informations par lettre qui nous en feront données par Sa Majefté, le Beglerbey qui fe trouvera en place, fera dépoffédé, & l'on fera dédommager les François des agrès qui auront été déprédés. Et comme jufqu'à préfent, ils ne fe font pas beaucoup foucié des défenfes réitérées qui leur ont été faites à ce fujet; au cas que dorénavant ils n'agiffent pas conformément à mon ordre Impérial, l'Empereur de France ne les fouffrira point fous fes forterefles, leur refufera l'entrée de fes ports; & les moyens qu'il prendra pour réprimer leurs brigandages, ne donneront aucune atteinte à notre Traité, conformément au commandement Impérial, émané du temps de nos ancêtres, dont nous confirmons ici la teneur, promettant encore d'agréer les plaintes, de même que les bons témoignages de Sa Majefté, fur cette matière.

12.

Nos auguftes Aïeux, de glorieufe mémoire, ayant accordé aux François des commandemens pour pêcher du corail & du poiffon dans le golfe d'Ufturgha dépendant d'Alger & de Tunis; nous leur permettons pareillement de pêcher du corail & du poiffon dans lefdits endroits, fuivant l'ancienne coutume, & on ne les laiffera inquiéter par perfonne à ce fujet.

13.

LEURS interprètes , qui font au fervice de leurs Ambaffadeurs, feront exempts du tribut dit *Kharatch*, du droit de *Kaffabie*, & des autres impôts arbitraires, dits *Tekialif-urfié*.

14.

LES marchands François qui auront chargé des effets fur leurs bâtimens, & ceux de nos fujets qui trafiqueront avec leurs navires, en pays ennemi, payeront exactement aux Ambaffadeurs & aux Confuls, le droit de Confulat & leurs autres droits, fans oppofition ni contravention quelconque.

15.

S'IL arrivoit quelque meurtre ou quelque autre défordre entre les François, leurs Ambaffadeurs & leurs Confuls en décideront felon leurs us & coutumes, fans qu'aucun de nos Officiers puiffe les inquiéter à cet égard.

16.

EN cas que quelque perfonne intente un procès aux Confuls établis pour les affaires de leurs marchands, ils ne pourront être mis en prifon, ni leur maifon fcellée; & leur caufe fera écoutée à notre Porte de félicité; & fi l'on produifoit des commandemens antérieurs ou poftérieurs, contraires à ces articles, ils feront de nulle valeur, & il fera fait en conformité des capitulations Impériales.

1 7.

* ET outre que la famille des Empereurs de France, eft en poffeffion des rênes de l'autorité fouveraine, avant les Rois & les Princes les plus renommés parmi les nations chrétiennes, comme depuis le temps de nos auguftes pères & de nos glorieux ancêtres, elle a confervé avec notre Sublime Porte, une amitié plus conftante & plus fincère que tous les autres Rois, fans que depuis lors il foit rien furvenu entre nous de contraire à la foi des Traités, & qu'elle a témoigné à cet égard toute la conftance & la fermeté poffible, Nous voulons que, lorfque les Ambaffadeurs de France, réfidans à notre Porte de félicité, viendront à notre fuprême Divan, & qu'ils iront chez nos Vifirs & nos très-honorés Confeillers, ils aient, fuivant l'ancienne coutume, le pas & la préféance fur les Ambaffadeurs d'Efpagne & des autres Rois.

1 8.

ON n'exigera deux ni douane ni droit de *Badj*, fur ce qu'ils feront venir à leurs dépens pour leurs préfens & habillemens & pour leurs befoins & provifions de boire & de manger: & les Confuls de France qui font dans les villes de commerce, auront pareillement la préléance fur les Confuls d'Efpagne & des autres Rois, ainfi qu'il fe pratique à notre Porte de félicité.

---

* Renouvellemens & additions accordées par Sultan Ahmed I.er à M. de Brèves, Ambaffadeur de Henri I V, en 1604.

19.

COMME les François qui commercent en tout temps avec leurs biens, effets & navires, dans les Échelles & dans les ports de nos États, y vont & viennent fur la bonne foi & fur l'affurance de la paix ; lorfque leurs bâtimens feront expofés aux accidens de la mer, & qu'ils auront befoin de fecours, Nous ordonnons que nos vaiffeaux de guerre & autres qui fe trouveront à portée, aient à leur donner toute l'affiftance néceffaire ; & que les Commandans, Chefs, Capitaines ou Lieutenans, ne manquent pas envers eux aux moindres égards, donnant tous leurs foins & leur attention à leur faire fournir pour leur argent, les provifions dont ils auront befoin : Et fi par la violence du vent, la mer jetoit à terre leurs bâtimens, les Gouverneurs, Juges & autres les fecourront, & tous les effets & marchandifes fauvées du naufrage, leur feront reftituées fans difficulté.

20.

NOUS voulons que les François, marchands, drogmans & autres, pourvu qu'ils foient dans les bornes de leur état, aillent & viennent librement par mer & par terre, pour vendre, acheter & commercer dans nos États ; & qu'après avoir payé les droits d'ufage & de Confulat, felon qu'il s'eft toujours pratiqué, ils ne puiffent être inquiétés ni moleftés en allant & venant ;

par

par nos Amiraux, Capitaines de nos bâtimens & autres, non plus que par nos troupes.

21.

On ne pourra forcer les marchands François, à prendre, contre leur gré, certaines marchandifes, & ils ne feront point inquiétés à cet égard.

22.

Si quelque François fe trouve endetté, on attaquera le débiteur, & l'on ne pourra rechercher ni prendre à partie aucun autre, à moins qu'il ne foit fa caution.

Si un François vient à mourir, fes biens & effets, fans que perfonne puiffe s'y ingérer, feront remis à fes exécuteurs teftamentaires; & s'il meurt fans teftament, fes biens feront donnés à fes compatriotes, par l'entremife de leur Conful, fans que les Officiers du fifc & du droit d'aubaine, comme *Beiiulmaldgy* & *Caffam*, puiffent les inquiéter.

23.

Les Marchands, les Drogmans & les Confuls françois, dans leurs achats, ventes, commerce, cautionnemens & autres affaires de juftice, fe rendront chez le Cadi, où ils feront dreffer un acte de leurs accords, & le feront enregiftrer, afin que fi dans la fuite il furvenoit quelque différent, on ait recours à l'acte & aux regiftres, & qu'on juge en conformité. Et fi fans s'être muni de l'une ou de l'autre de ces formalités, l'on veut intenter quelque procès contre les règles de la juftice, en ne

C

produifant que des faux témoins, on ne permettra point
de pareilles fupercheries, & leur demande * contraire
à la juftice, ne fera point écoutée. Et fi par pure
avidité, quelqu'un accufoit un François de lui avoir
dit des injures, on empêchera que le François ne foit
inquiété contre les * loix de la juftice. Et fi un François
venoit à s'abfenter pour caufe de dette ou de quelque
faute, on ne pourra faifir ni inquiéter à ce fujet aucun
autre François qui feroit innocent, & qui n'auroit point
été fa caution.

24.

S'IL fe trouve dans nos États quelque Efclave dépendant de la France, & qu'il foit réclamé comme
François par leurs Ambaffadeurs ou leurs Confuls, il
fera amené avec fon Maître ou fon Procureur à ma
Porte de félicité, pour que l'affaire * y foit décidée.
On n'exigera point de *Kharaïch* ou tribut des François
établis dans mes États.

25.

LORSQU'ILS enverront de leurs gens capables, pour
remplacer leurs Confuls établis à Alexandrie, à Tripoli
de Syrie & dans les autres Échelles, perfonne ne s'y
oppofera, & ils feront exempts des impôts arbitraires
dits *Tekialif-urfié*.

26.

SI quelqu'un avoit un différent avec un Marchand
François, & qu'ils fe portaffent chez le Cadi, ce Juge

n'écoutera point leur procès, ſi le Drogman françois ne ſe trouve préſent; & ſi cet Interprète eſt occupé pour lors à quelque affaire preſſante, on différera juſqu'à ce qu'il vienne; mais auſſi les François s'empreſſeront de le repréſenter, ſans abuſer du prétexte de l'abſence de leur Drogman *. Et s'il arrive quelque conteſtation entre les François, les Ambaſſadeurs & les Conſuls en prendront connoiſſance, & en décideront ſelon leurs us & coutume, ſans que perſonne puiſſe s'y oppoſer.

27.

IL étoit d'un uſage ancien que les bâtimens françois qui partoient de Conſtantinople, après y avoir été viſités, l'étoient encore aux châteaux des Dardanelles, après quoi on leur permettoit de partir : on a introduit depuis, contre l'ancienne coutume, une autre viſite à Gallipoli; dorénavant, conformément à l'ancien uſage, ils pourſuivront leur route après qu'on les aura viſités aux Dardanelles.

28.

QUAND nos vaiſſeaux, nos galères & nos armées navales ſe rencontreront en mer avec les vaiſſeaux françois, ils ne feront aucun mal ni dommage; mais au contraire ils ſe donneront réciproquement toutes ſortes de témoignages d'amitié; & ſi de leur plein gré ils ne font aucun préſent, on ne les inquiètera point, & on ne leur prendra par force ni agrès, ni hardes,

C ij

ni jeunes garçons, ni aucune autre chofe qui leur appartienne.

29.

Nous confirmons auffi pour les François tout ce qui eft contenu dans les capitulations Impériales accordées aux Vénitiens; & défendons à toutes fortes de perfonnes de s'oppofer par aucun empêchement, conteftation ni chicane, au cours de la juftice, & à l'exécution de mes capitulations Impériales.

30.

Nous voulons que les navires & autres bâtimens françois, qui viendront dans nos États, y foient bien gardés & foutenus, & qu'ils puiffent s'en retourner en toute fûreté; & fi l'on pilloit quelque chofe de leurs hardes & de leurs effets, non-feulement on fe donnera toutes fortes de mouvemens pour le recouvrement, tant des biens que des hommes, mais même on punira rigoureufement les malfaiteurs quels qu'ils puiffent être.

31.

Commandons à nos Gouverneurs, Amiraux, Vice-rois, Cadis, Douaniers, Capitaines de nos navires, & généralement tous autres habitans de nos États, d'exécuter ponctuellement tout ce qui eft contenu dans cette capitulation Impériale, fymbole de la juftice, fans y apporter la moindre contravention; de forte que fi quelqu'un ofe s'oppofer & s'opiniâtrer contre l'exécution de mon commandement Impérial , nous voulons qu'il foit regardé comme criminel & rébelle , & que comme tel il foit châtié fans aucune rémiffion ni délai, pour fervir d'exemple aux autres. Enfin , notre volonté eft qu'on ne permette jamais rien de contraire à la bonne foi & aux accords conclus par les Capitulations accordées fous les auguftes règnes de nos magnifiques Aïeux de glorieufe mémoire.

3 2.

* Comme les nations ennemies qui n'ont point d'Ambaffadeurs décidés à ma Porte de félicité, alloient & venoient ci-devant dans nos États, fous la bannière de l'Empereur de France , foit pour commerce, foit pour pélerinage , fuivant la permiffion impériale qu'ils en avoient eue fous le règne de nos Aïeux de glorieufe mémoire , de même qu'il eft auffi porté par les anciennes capitulations accordées aux François: Et comme enfuite, pour certaines raifons , l'entrée de nos États avoit été abfolument prohibée à ces mêmes nations ,, & qu'elles avoient même été retranchées defdites Capitulations ; néanmoins , l'Empereur de France ayant témoigné par une lettre qu'il a envoyée à notre Porte de félicité, qu'il defiroit que les nations ennemies , auxquelles il étoit deffendu de commercer dans nos États , euffent la liberté d'aller & venir à Jérufalem,

* Renouvellement & additions accordées par Sultan Mehemet IV, à M. de Nointel, Ambaffadeur de Louis XIV, en 1673.

de même qu'elles avoient coutume d'y aller & venir, sans être aucunement inquiétées; & que, si par la suite il leur étoit permis d'aller & venir trafiquer dans nos États, ce fût encore sous la bannière de France, comme par ci-devant, la demande de l'Empereur de France auroit été agréée en considération de l'ancienne amitié qui depuis mes glorieux ancêtres, subsiste de père en fils entre Sa Majesté & ma Sublime Porte, & il seroit émané un commandement Impérial * dont suit la teneur, savoir: Que les nations Chrétiennes & ennemies, qui sont en paix avec l'Empereur de France, & qui desireront de visiter Jérusalem, puissent y aller & venir, dans les bornes de leur état, en la manière accoutumée, en toute liberté & sûreté, sans que personne leur cause aucun trouble ni empêchement; & si dans la suite * il convient d'accorder auxdites nations la liberté de commercer dans nos États, elles iront & viendront pour lors sous la bannière de l'Empereur de France, comme auparavant, sans qu'il leur soit permis d'aller & de venir sous aucune autre bannière.

* Les anciennes capitulations Impériales qui sont entre les mains des François depuis les règnes de mes magnifiques Aïeux jusqu'aujourd'hui, & qui viennent d'être rapportées en détail ci-dessus, ayant été maintenant renouvelées avec une addition de quelques nouveaux articles, conformément au commandement Impérial, émané en vertu de mon Khatt-cherif, le premier de ces articles porte, que les Evêques dépendans

de la France, & les autres Religieux qui profeſſent la Religion franque, de quelque nation ou eſpèce qu'ils ſoient, lorſqu'ils ſe tiendront dans les bornes de leur état, ne feront point troublés dans l'exercice de leurs fonctions, dans les endroits de notre empire où ils ſont depuis long-temps.

33.

Les Religieux Francs qui ſuivant l'ancienne coutume, ſont établis dedans & dehors de la ville de Jéruſalem, dans l'égliſe du Saint-Sépulcre, appelée *Kamama*, ne feront point inquiétés pour les lieux de viſitation qu'ils habitent, & qui ſont entre leurs mains, leſquels reſteront encore entre leurs mains comme par ci-devant, ſans qu'ils puiſſent être inquiétés à cet égard, non plus que par des prétentions d'impoſitions; & s'il leur ſurvenoit quelque procès qui ne pût être décidé ſur les lieux, il ſera renvoyé à ma Sublime Porte.

34.

Les François ou ceux qui dépendent d'eux, de quelque nation ou qualité qu'ils ſoient, qui iront à Jéruſalem, ne feront point inquiétés en allant & venant.

35.

Les deux Ordres de Religieux françois qui ſont à Galata, ſavoir les Jéſuites & les Capucins, y ayant deux égliſes, qu'ils ont entre leurs mains *ab antiquo,*

resteront encore entre leurs mains, & ils en auront la
possession & jouissance : Et comme l'une de ces églises
a été brûlée, elle sera rebâtie avec permission de la
Justice, & elle restera comme par ci-devant entre les
mains des Capucins, sans qu'ils puissent être inquiétés
à cet * égard. On n'inquiétera pas non plus les églises
que la Nation françoise a à Smyrne, à Seyde, à Alexandrie & dans les autres Échelles ; & l'on n'exigera d'eux
aucun argent sous ce prétexte.

36.

On n'inquiétera pas les François quand, dans les
bornes de leur état, ils liront l'Évangile dans leur
hôpital de Galata.

37.

Quoique les Marchands françois aient de tout
temps, payé Cinq pour cent de douane sur les marchandises qu'ils apportoient dans nos États & qu'ils
en emportoient ; comme ils ont prié de réduire ce
droit à Trois pour cent, en considération de l'ancienne
amitié qu'ils ont avec notre Sublime Porte, & de le
faire insérer dans ces nouvelles Capitulations, nous
aurions agréé leur demande, & nous ordonnons qu'en
conformité, on ne puisse exiger d'eux plus de Trois
pour cent ; & lorsqu'ils payeront leur douane, on la
recevra en monnoie courante dans nos États, pour la
même valeur qu'elle est reçue au Trésor inépuisable,

fans

fans pouvoir être inquiétés fur la plus ou la moins value d'icelle.

38.

LES Portugais, Siciliens, Catalans, Meffinois, Anconois & autres nations ennemies, qui n'ont ni Ambaffadeurs ni Confuls ni Agens à ma Sublime Porte, & qui de leur plein gré, comme ils faifoient anciennement, viendront dans nos États fous la bannière de l'Empereur de France, payeront la douane comme les François, fans que perfonne puiffe les inquiéter, pourvu qu'ils fe tiennent dans les bornes de leur état, & qu'ils ne commettent rien de contraire à la paix & à la bonne intelligence.

39.

LES François payeront le droit de *Mézeterie* fur le pied que le payent les marchands Anglois; & les Receveurs de ce droit, qui feront à Conftantinople & à Galata, ne pourront les molefter pour en exiger davantage. * Et fi les Receveurs de la douane, pour augmenter leurs droits, veulent eftimer les marchandifes à plus haut prix, ils ne pourront refufer de la même marchandife au lieu * d'argent : & quand ils auront été payés de la douane fur les foies & les indiennes, ils ne pourront l'exiger une feconde fois ; & * lorfque les Douaniers auront reçu leur douane, ils en donneront l'acquit, & n'empêcheront point les François de porter leurs marchandifes dans une autre Échelle, où

D

l'on ne pourra non plus les inquiéter par la prétention
d'une seconde douane.

40.

LES Consuls de France & ceux qui en dépendent,
comme Religieux, Marchands & Interprètes, pourront
faire faire du vin dans leurs maisons, & en faire venir
de dehors pour leur provision ordinaire, sans qu'on
puisse les inquiéter à ce sujet.

41.

LES procès excédans quatre mille aspres, seront
écoutés à mon Divan impérial, & nulle part ailleurs.

42.

S'IL arrivoit quelque meurtre dans les endroits où
il y a des François, tant qu'il ne sera point donné de
preuves contr'eux, on ne pourra déformais les inquiéter
ni leur imposer aucune amende, dite *Dgérimé*.

43.

LES priviléges ou immunités accordés aux François,
auront aussi lieu pour les Interprètes qui sont au service
de leurs Ambassadeurs.

* Non-seulement j'accepte & confirme les présentes
Capitulations anciennes & renouvelées, ainsi qu'il a
été rapporté ci-dessus, sous le règne de mon auguste

* Renouvellement & additions accordées par Sultan Mahmoud
à M. de Villeneuve, Ambassadeur de Louis XV, en 1740.

Aïeul de glorieuse mémoire, mais encore les articles demandés & nouvellement réglés & accordés ont été joints à ces anciennes Capitulations dans la forme & teneur ci-après, savoir :

44.

OUTRE le pas & la préféance portés par le sens des précédens articles, en faveur des Ambassadeurs & des Consuls du très-magnifique Empereur de France; comme le titre d'Empereur a été attribué *ab antiquo* par ma Sublime Porte à Sadite Majesté, ses Ambassadeurs & ses Consuls seront aussi traités & considérés par ma Porte de félicité avec les honneurs convenables à ce titre.

45.

LES Ambassadeurs du très-magnifique Empereur de France, de même que ses Consuls, se serviront de tels Drogmans qu'ils voudront, & emploieront tels Janissaires qu'il leur plaira, sans que personne puisse les obliger de se servir de ceux qui ne leur conviendroient pas.

46.

LES Drogmans véritablement François étant les représentans des Ambassadeurs & des Consuls, lorsqu'ils interprèteront au juste leur commission, & qu'ils s'acquitteront de leurs fonctions, ils ne pourront être ni réprimandés ni emprisonnés ; & s'ils viennent à manquer en quelque chose, ils seront corrigés par leurs Am-

D ij

baſſadeurs ou leurs Conſuls, ſans que perſonne autre
puiſſe les moleſter.

47.

DES Domeſtiques, *Rayas* ou ſujets de ma Sublime
Porte, qui ſont au ſervice de l'Ambaſſadeur dans ſon
Palais, quinze ſeulement ſeront exempts des impoſi-
tions, & ne ſeront point inquiétés à ce ſujet.

48.

CEUX qui ſont ſous la domination de ma Sublime
Porte, Muſulmans ou Rayas, tels qu'ils ſoient, ne
pourront forcer les Conſuls de France, véritablement
François, à comparoître perſonnellement en Juſtice,
lorſqu'ils auront des Drogmans; & en cas de beſoin,
ces Muſulmans ou Rayas plaideront avec les Drogmans
qui auront été commis à cet effet par leurs Conſuls.

49.

LES Pacha, Cadi & autres Commandans, ne pourront empêcher les Conſuls, ni leurs Subſtituts par
commandement, d'arborer leur pavillon ſuivant l'éti-
quette, dans les endroits où ils ont coutume d'habiter
depuis long-temps.

50.

IL ſera permis d'employer pour la ſûreté des maiſons
des Conſuls, tels Janiſſaires qu'ils demanderont, &
ces ſortes de Janiſſaires ſeront protégés par les Oda-
bachis & par les autres Officiers, ſans que pour cela

on puiſſe exiger deſdits Janiſſaires aucun droit ni reconnoiſſance.

§. I.

LORSQUE les Conſuls, les Drogmans & les autres dépendans de la France, feront venir du raiſin pour leur uſage, dans les maiſons où ils habitent, pour en faire du vin, ou qu'il leur viendra du vin pour leur proviſion, nous voulons que, tant à l'entrée que lors du tranſport, les Janiſſaires, Aga, Boſtandgy - Bachy, Toptehy-bachy, Vaivodes & autres Officiers, ne puiſſent demander aucun droit ni donative, & qu'on ſe conforme à cet égard au contenu des commandemens qui ont été donnés à ce ſujet par les Empereurs nos prédé-ceſſeurs, & qu'on a été dans l'uſage de donner juſqu'à préſent.

§. 2.

S'IL arrive que les Conſuls & les Négocians françois aient quelques conteſtations avec les Conſuls & les Négocians d'une autre Nation chrétienne, il leur ſera permis, du conſentement & à la réquiſition des parties, de ſe pourvoir par - devant leurs Ambaſſadeurs qui réſident à ma Sublime Porte; & tant que le demandeur & le défendeur ne conſentiront pas à porter ces ſortes de procès par-devant les Pacha, Cadi, Officiers ou Douaniers, ceux-ci ne pourront pas les y forcer, ni prétendre en prendre connoiſſance.

53.

LORSQUE quelque Marchand françois, ou dépendant de la France, fera une banqueroute avérée & manifeste, ses créanciers feront payés sur ce qui restera de ses effets, & pourvu qu'ils ne soient pas munis de quelque titre valable de cautionnement, soit de l'Ambassadeur, des Consuls, des Drogmans ou de quelqu'autre François ; on ne pourra rechercher à ce sujet lesdits Ambassadeurs, Consuls, Drogmans ni autres François, & l'on ne pourra les arrêter en prétendant de les en rendre responsables.

54.

LORSQUE les Corsaires & autres ennemis de ma Sublime Porte, auront commis quelque déprédation sur les côtes de notre Empire, les Consuls & les Négocians françois ne seront point inquiétés ni molestés, conformément au contenu des Commandemens ci-devant accordés ; & comme pour la sûreté réciproque il est nécessaire de reconnoître les scélérats appelés *Forbans*, afin qu'ils soient tous connus dorénavant, lorsque des Bâtimens barbaresques ou autres Corsaires viendront dans les Échelles de notre Empire, nos Commandans & autres Officiers examineront leurs passeports avec attention, & les commandemens ci-devant * accordés à ce sujet, seront exécutés comme

* Voyez le Firman accordé en 1144 de l'Égire, & de J. C. 1731, qui depuis a servi de modèle à plusieurs autres.

par le paſſé ; à condition néanmoins que les Conſuls
françois examineront avec ſoin, & feront ſavoir ſi les
Bâtimens qui viendront dans nos ports avec le pavillon
de France, ſont véritablement François ; & après les
perquiſitions dûment faites de la manière ci - deſſus
ſpécifiée, tant nos Officiers que les Conſuls de France,
s'en donneront réciproquement des avis de bouche
& même par écrit, ſi le cas requiert pour la ſûreté
réciproque des parties.

55.

La Cour de France étant depuis un temps immémorial en amitié & en bonne intelligence avec ma
Sublime Porte, & le très - magnifique Empereur de
France, de même que ſa Cour, ayant particulièrement
donné ſes ſoins dans les Traités de paix qui ſont ſur-
venus depuis peu, il a paru que quelque faveur dans
certaines affaires de convenances étoit un moyen de
fortifier l'amitié, & un ſujet d'en multiplier de plus en
plus les témoignages ; c'eſt pourquoi Nous voulons que
dorénavant les marchandiſes qui ſeront embarquées
dans les ports de France, & qui viendront à notre
Capitale chargées ſur des Bâtimens véritablement françois, avec manifeſte & pavillon de France, de même
que celles qui ſeront chargées dans notre Capitale ſur
des Bâtimens véritablement françois, pour être portées
en France, après qu'elles auront payé le droit de douane
& celui de bon voyage, dit *Selamitlik-reſmy,* conformément aux capitulations antérieures, lorſque les François,

négocieront ces fortes de marchandifes avec quelqu'un, l'on ne puiffe exiger d'eux, fous quelque prétexte que ce foit, le droit de *Mézeterie,* dont l'exemption leur eft pleinement accordée pour l'article de la *Mézeterie* tant feulement.

56.

COMME il a été accordé aux Marchands françois & aux dépendans de la France, de ne payer que Trois pour cent de douane fur les marchandifes qu'ils apporteront de leur propre pays dans les États de notre domination, non plus que fur celles qu'ils emportent d'ici dans leur pays; quoique dans les précédentes capitulations on n'ait compris que les cotons en laine, cotons filés, maroquins, cires, cuirs & foieriés, Nous voulons qu'indépendamment de ces marchandifes, ils puiffent, en payant la douane fuivant les capitulations Impériales, charger fans oppofition toutes celles qu'ils ont coutume de charger pour leur pays, & qui pour cet effet font fpécifiées dans le tarif bullé du Douanier, à l'exception toutefois de celles qui font prohibées.

57.

LES Marchands françois, après avoir payé la douane aux Douaniers, à raifon de Trois pour cent, conformément aux capitulations, & après en avoir pris, fuivant l'ufage, l'acquit dit *Edateskereffy,* lorfqu'ils le produiront, il y fera fait honneur, & l'on ne pourra leur demander une feconde douane. Et attendu qu'il nous

auroit

auroit été repréfenté que certains Douaniers, portés
par leur efprit d'avidité, n'exigent en apparence que
Trois pour cent, tandis qu'ils en perçoivent réellement
davantage, & que par la différence qui exifte dans
l'appréciation des marchandifes, il fe trouve que fur les
diverfes qualités de drap, inférées dans le tarif de la
douane de Conftantinople, de même que dans les
tarifs de quelques Échelles, & notamment dans celle
d'Alep, la douane excède les Trois pour cent; pour
faire ceffer toute difcuffion à cet égard, il fera permis
de redreffer les tarifs, de façon que la douane des
draps que l'on apportera à l'avenir, ne puiffe excéder
les Trois pour cent, conformément aux capitulations *
Impériales; & lorfqu'ils voudront vendre les marchandifes qu'ils auront apportées, à tels de nos fujets &
marchands de notre Empire qu'ils jugeront à propos,
perfonne autre ne pourra les inquiéter ni quereler, fous
prétexte de vouloir les acheter de préférence.

58.

LORSQUE les *Fefs* ou bonnets que les Négocians
françois apportent de France ou de Tunis, arrivent
à Smirne, le Douanier de la douane des fruits de
Smirne, forme toujours des conteftations à ce fujet,
prétendant que c'eft lui qui eft l'exacteur de la douane
des *Fefs :* Étant donc néceffaire de mettre cet article
dans une bonne forme, Nous voulons qu'à l'avenir ledit
Douanier ne puiffe exiger la douane des *Fefs* que les

E

Négocians françois apporteront, lorfqu'ils ne fe ven-
dront pas à Smirne; & en cas qu'ils s'y vendiffent,
le droit de douane fur ces bonnets fera, felon l'ufage,
exigé par ledit Douanier : & s'ils viennent à Conftantinople, le droit de douane en fera payé felon l'ufage,
au grand Douanier.

59.

S1 les Marchands françois veulent porter en temps
de paix des marchandifes non prohibées, des États
de mon Empire, par terre ou par mer, de même que
par les rivières du Danube & du Tanaïs, dans les États
de Mofcovie, Ruffie & autres pays, & en apporter
dans mes États ; dès qu'ils auront payé la douane & les
autres droits, quels qu'ils foient, comme le payent les
autres Nations franques lorfqu'ils feront ce commerce,
il ne leur fera fait fans raifon aucune oppofition.

60.

AYANT été repréfenté que certains envieux & vin-
dicatifs, voulant molefter les Négocians françois contre
les capitulations, & ne pouvant pas exécuter leur
deffein, ils attaquent de temps en temps fans raifon,
& inquiètent leurs Cenfaux, pour troubler le commerce defdits Négocians, Nous voulons qu'à l'avenir
les Cenfaux qui vont & viennent parmi les Marchands,
pour les affaires defdits Négocians, ne foient inquiétés
en aucune façon, & que de quelque Nation que foient
les Cenfaux dont ils fe fervent, on ne puiffe leur faire

violence ni les * empêcher de fervir. Si certains de
la Nation juive & autres, prétendent d'hériter de l'em-
ploi de Cenfal, les Marchands françois fe ferviront
de telles perfonnes qu'ils voudront; & lorfque ceux
qui fe trouveront à leur fervice feront chaffés, ou
viendront à mourir, on ne pourra rien exiger ni prétendre de ceux qui leur fuccèderont, fous prétexte
d'un droit de retenue nommé *Ghédik,* ou d'une portion
dans les cenferies, & l'on châtiera ceux qui agiront
contre la teneur de cette difpofition.

61.

BIEN qu'il foit expreffément porté par les articles
précédens, que les droits de Confulat & de Bailliage
feront payés aux Ambaffadeurs & aux Confuls de
France, fur les marchandifes qui feront chargées fur
les Bâtimens françois; cependant, comme il a été
repréfenté que ce point rencontre des difficultés de
la part des Marchands & des *Rayas* fujets de notre
Empire, Nous ordonnons que lorfque les Marchands
& *Rayas* fujets de notre Sublime Porte, chargeront
fur des Bâtimens françois des marchandifes fujettes à
la douane, il foit donné des ordres rigoureux pour
que les marchandifes dont le droit de Confulat n'aura
pas été compris dans le nolis lors du nolifement, ne
foient point retirées de la douane, à moins qu'au
préalable ledit droit de Confulat n'ait été payé conformément aux capitulations.

62.

COMME l'Empire Ottoman abonde en fruits, il pourra venir de France une fois l'année, dans les années d'abondance des fruits fecs, deux ou trois Bâtimens, pour acheter & charger de ces fruits, comme figues, raifins fecs, noifettes & autres fruits femblables quelconques; & après que la douane en aura été payée, conformément aux capitulations Impériales, on ne mettra aucune oppofition au chargement ni à l'exportation de cette marchandife.

* Il fera auffi permis aux Bâtimens françois, d'acheter & de charger du fel dans l'île de Chypre & dans les autres Échelles de notre Empire, de la même manière que les Mufulmans y en prennent, fans que nos Commandans, Gouverneurs, Cadis & autres Officiers, puiffent les en empêcher, voulant qu'ils foient protégés conformément à mes anciennes capitulations, à préfent renouvelées.

63.

LES Marchands françois & autres, dépendans de la France, pourront voyager avec les paffeports qu'ils auront pris, fur les atteftations des Ambaffadeurs ou des Confuls de France; & pour leur fûreté & commodité, ils pourront s'habiller fuivant l'ufage du pays, & faire leurs affaires dans mes États, fans que ces fortes de voyageurs, fe tenant dans les bornes de leur devoir, puiffent être inquiétés pour le tribut nommé *Karatch*, ni pour aucun autre impôt ; & lorfque, conformément aux capitulations impériales, ils auront des effets fujets à la douane, après en avoir payé le droit, fuivant l'ufage, les Pacha, Cadi & autres-Officiers, ne s'oppoferont point à leur paffage ; & de la façon ci-deffus mentionnée, il leur fera fourni des paffeports en conformité des atteftations dont ils feront munis, leur accordant toute l'affiftance poffible par rapport à leur fûreté.

64.

Les Négocians françois & les protégés de France, ne payeront ni droit ni douane fur les monnoies d'or & d'argent qu'ils apporteront dans nos États, de même que pour celles qu'ils emporteront ; & on ne les forcera point de convertir leurs monnoies en monnoie de mon Empire.

65.

Si un François ou un protégé de France, commettoit quelque meurtre ou quelqu'autre crime, & qu'on voulût que la Juftice en prît connoiffance, les Juges de mon Empire & les Officiers ne pourront y procéder qu'en préfence de l'Ambaffadeur & des Confuls ou de leurs Subftituts, dans les endroits où ils fe trouveront ; & afin qu'il ne fe faffe rien de contraire à la noble juftice ni aux capitulations Impériales, il fera procédé de part & d'autre avec attention aux perquifitions & recherches néceffaires.

66.

LORSQUE notre *Miry* ou quelqu'un de nos sujets, Marchand ou autre, sera porteur de lettres de change sur les François, si ceux sur qui elles sont tirées, ou les personnes qui en dépendent, ne les acceptent pas, on ne pourra sans cause légitime les contraindre au payement de ces lettres, & l'on en exigera seulement une lettre de refus, pour agir en conséquence contre le tireur, & l'Ambassadeur, de même que les Consuls se donneront tous les mouvemens possibles pour en procurer le remboursement.

67.

LES François qui sont établis dans mes États, soit mariés, soit non mariés, quels qu'ils soient, ne seront point inquiétés par la demande du tribut nommé *Kharatch.*

68.

SI un François, Marchand, Artisan, Officier ou Matelot, embrasse la Religion musulmane, & qu'il soit vérifié & prouvé qu'outre ses propres marchandises il a entre ses mains des effets appartenans à des dépendans des François, ces sortes d'effets seront consignés à l'Ambassadeur ou aux Consuls, dans les endroits où il y en aura, pour être ensuite remis aux propriétaires; & dans les endroits où il n'y aura ni Consuls ni Ambassadeurs, ces effets seront consignés aux personnes qu'ils enverront de leur part avec des pièces justificatives.

69.

Si un Marchand françois voulant partir pour quelqu'endroit, l'Ambassadeur ou les Consuls se rendent sa caution, on ne pourra retarder son voyage, sous prétexte de lui faire payer ses dettes; & les procès qui les concernent excédant quatre mille aspres, seront renvoyés à ma Sublime Porte, selon l'usage, & conformément aux capitulations Impériales.

70.

Les Gens de justice & les Officiers de ma Sublime Porte, de même que les Gens d'épée, ne pourront sans nécessité, entrer par force dans une maison habitée par un François; & lorsque le cas requerra d'y entrer, on en avertira l'Ambassadeur ou le Consul, dans les endroits où il y en aura, & l'on se transportera dans l'endroit en question, avec les personnes qui auront été commises de leur part; & si quelqu'un contrevient à cette disposition, il sera châtié.

71.

Comme il auroit été représenté que les Pacha, Cadi & autres Officiers, vouloient quelquefois revoir & juger de nouveau des affaires survenues entre les Négocians françois & d'autres personnes, quoique ces affaires eussent déjà été jugées & terminées juridiquement & par *Hudjet*, & même que le cas étoit souvent arrivé; de sorte que non-seulement il n'y avoit point pour eux de fûreté dans un procès déjà décidé, mais même qu'il intervenoit dans un même lieu des jugemens contradictoires à des fentences déjà rendues : Nous voulons que dans le cas fpécifié ci-deffus, les procès qui furviendront entre des François & d'autres perfonnes, ayant été une fois vus & terminés juridiquement & par *Hudjet*, ils ne puiffent plus être revus ; & que fi l'on requiert une révifion de ces procès, on ne puiffe donner de commandement pour faire comparoître les parties, ni expédier Commiffaire ou Huiffier, qu'au préalable il n'en ait été donné connoiffance à l'Ambaffadeur de France, & qu'il ne foit venu de la part du Conful & du défendeur, une réponfe avec des informations exactes fur le fait, & il fera permis d'accorder un temps fuffifant pour faire venir des informations fur ces fortes d'affaires ; enfin s'il émane quelque commandement pour revoir un procès de cette nature, on aura foin qu'il foit vu, décidé & terminé à ma Sublime Porte ; & dans ce cas, il fera libre à ceux qui font dépendans de la France, de comparoître en perfonne, ou de conftituer à leur place un Procureur juridiquement autorifé, & lorfque les dépendans de ma Sublime Porte voudront intenter procès à quelque François, fi le demandeur n'eft muni de titres juridiques ou de billets, leur procès ne fera point écouté.

72.

ON nous auroit auffi repréfenté que dans les procès

qui

qui furviennent, les dépenfes qui fe font pour faire comparoître les parties, & pour les épices ordinaires, étant fupportées par celui qui a le bon droit, & les avaniftes qui intentent injuftement des procès, n'étant foumis à aucuns frais, ils font invités par-là à faire toujours de nouvelles avanies; fur quoi nous voulons qu'à l'avenir il foit permis de faire fupporter les fufdits dépens & frais, par ceux qui oferont intenter contre la Juftice un procès, dans lequel ils n'auront aucun droit: mais lorfque les François ou les dépendans de la France pourfuivront juridiquement des fujets ou des dépendans de ma Sublime Porte, en recouvrement de quelque fomme dûe, on n'exigera d'eux pour droits de juftice ou *Mahkémé*, de Commiffaire ou *Mubachirié*, d'affignations ou *Thzarié*, que Deux pour cent fur le montant de la fomme recouvrée par Sentence, conformément aux anciennes Capitulations, & on ne les moleftera point par des prétentions plus confidérables.

73.

Les Bâtimens françois, qui, felon l'ufage, aborderont dans les ports de mon Empire, feront traités amicalement; ils y achetteront avec leur argent, leur fimple néceffaire, pour leur boire & leur manger, & l'on n'empêchera ni l'achat & la vente, ni le tranfport defdites provifions, tant de bouche que pour la cuifine, fur lefquelles on n'exigera ni droits ni donatives.

F.

74.

DANS toutes les Échelles, ports & côtes de mon Empire, lorfque les Capitaines ou Patrons des Bâtimens françois, auront befoin de faire calfater, donner le fuif & radouber leurs Bâtimens; les Commandans n'empêcheront point qu'il leur foit fourni pour leur argent, la quantité de fuif, goudron, poix & ouvriers qui leur feront néceffaires; & s'il arrive que par quelque malheur un Bâtiment françois vienne à manquer d'agrès, il fera permis feulement pour ce Bâtiment, d'acheter mâts, ancres, voiles & matériaux pour les mâts, fans * que pour ces articles il foit exigé aucune donative; & lorfque les Bâtimens françois fe trouveront dans quelque Échelle, les Fermiers, *Muffelem* & autres Officiers, de même que les *Kharatchi*, ne pourront les retenir fous prétexte de vouloir exiger le *Kharatch* de leurs paffagers, qu'il leur fera libre de conduire à leur deftination ; & s'il fe trouve dans le Bâtiment, des *Rayas* fujets au *Kharatch*, ils le payeront audit lieu, ainfi qu'il eft de droit, afin qu'à cette occafion il ne foit point fait de tort au fifc.

75.

LORSQUE les Mufulmans ou les *Rayas*, fujets de ma Sublime Porte, chargeront des marchandifes fur des Bâtimens françois, pour les tranfporter d'une Échelle de mon Empire à une autre, il n'y fera * porté aucun empêchement; & comme il nous a été repré-

fenté que les fujets de notre Sublime Porte, qui
nolifent de ces Bâtimens, les quittent quelquefois pendant la route, & font difficulté de payer le nolis dont
ils font convenus : Si fans aucune raifon légitime, ces
fortes de Nolifataires viennent à quitter en route les
Bâtimens nolifés, il fera ordonné & prefcrit au Cadi
& autres Commandans, de faire payer en entier le nolis
defdits Bâtimens, ainfi qu'il en aura été convenu par le
Temeffuk ou contrat, comme faifant un loyer formel.

76.

LES Gouverneurs, Commandans, Cadis, Douaniers,
Vaivodes, *Muffelems,* Officiers, gens notables du
pays, gens d'affaires & autres, ne contreviendront en
aucune façon aux capitulations Impériales : Et fi de
part & d'autre on y contrevient en moleftant quelqu'un,
foit par paroles, foit par voie de fait; de même que
les François, feront châtiés par leur Conful ou fupé-
rieur, conformément aux capitulations, il fera auffi
donné des ordres, fuivant l'exigence des cas, pour
punir les fujets de notre Sublime Porte, des vexations
qu'ils auroient commifes, fur les repréfentations qui
en feroient faites par l'Ambaffadeur & les Confuls,
après que le fait aura été bien avéré.

77.

SI par un malheur, quelques Bâtimens françois venoient à échouer fur les côtes de notre Empire, il
leur fera donné toutes fortes de fecours pour le recou-

vrement de leurs effets ; & fi le Bâtiment naufragé peut
être réparé, ou que la marchandife fauvée foit chargée
fur un autre Bâtiment, pour être tranfportée au lieu de
fa deftination, pourvu que ces marchandifes ne foient
pas négociées fur les lieux, on ne pourra exiger fur
lefdites marchandifes ni douane ni aucun autre droit.

78.

OUTRE que le Capitan-Pacha, les Capitaines de
nos vaiffeaux de guerre, les Beys de galère, les Commandans de galiotes & les autres Bâtimens de notre
Sublime Porte, & notamment ceux qui font le commerce d'Alexandrie, ne pourront détenir ni inquiéter
les Bâtimens françois contre la teneur des capitulations
Impériales, ni en exiger par force des préfens fous
quelque prétexte que ce foit ; lorfqu'ils rencontreront
en mer des Bâtimens françois, foit de guerre, foit
marchands, ils fe donneront réciproquement, fuivant
l'ancien ufage, des marques d'amitié.

79.

LORSQUE les Bâtimens marchands françois voient
nos vaiffeaux de guerre, galères, fultanes & autres
Bâtimens du Sultan, il arrive que, quoiqu'ils foient dans
l'intention de leur faire les politeffes ufitées depuis
long-temps, ils font cependant inquiétés pour n'être
pas venus fur le champ à leur bord, par l'impoffibilité
où ils font quelquefois de mettre avec promptitude
leur chaloupe à la mer ; ainfi, pourvu qu'on voie qu'ils

fe mettent en état de remplir les ufages pratiqués, on ne pourra les molefter, fous prétexte qu'ils auront tardé de venir à bord.

* Les Bâtimens françois ne pourront être détenus fans raifon dans nos ports, & on ne leur prendra par force ni leur chaloupe ni leurs matelots; & la détention fur-tout des Bâtimens chargés de marchan-difes, occafionnant un préjudice confidérable, il ne fera plus permis à l'avenir de rien * commettre de femblable. Lorfque les Commandans des Bâtimens de guerre fufdits, iront dans des Échelles où il y a des François établis; pour empêcher leurs Levantis & leurs gens de faire aucun tort aux François, & de les in-quiéter, ils ne les laifferont aller à terre qu'avec un nombre fuffifant d'Officiers, & ils établiront une garde pour la fûreté des François & de leur commerce; & lorfque les François iront à terre, les Commandans des Places ou des Échelles, & les autres Officiers de terre ne les molefteront en aucune façon contre la juftice & les ufages; de forte que fi l'on fe plaint qu'à ces égards il ait été commis quelque action contraire aux capitula-tions Impériales, ceux qui feront en faute feront févè-rement punis, après la vérification des faits; & pareille-ment de la part des François, il ne fera nullement permis aucune démarche peu modérée contraire à l'amitié.

80.

Lorsque pour caufe de néceffité, on fera dans un

cas urgent de nolifer quelque Bâtiment françois de la part du *Miry*, les Commandans ou autres Officiers qui feront chargés de cette commiſſion, en avertiront l'Ambaſſadeur ou les Conſuls dans les endroits où il y en aura, & ceux-ci deſtineront les Bâtimens qu'ils trouveront convenables; & dans les endroits où il n'y aura ni Ambaſſadeur ni Conſul, ces Bâtimens feront nolifés de leur bon gré; & l'on ne pourra, fous ce prétexte, détenir les Bâtimens françois; & ceux qui feront chargés, ne feront ni moleſtés ni forcés de décharger leurs marchandiſes.

81.

COMME il a été repréſenté que malgré l'aſſiſtance fouvent accordée aux François, conſéquemment à l'exacte obſervation des articles des précédentes capitulations concernant les Corſaires de Barbarie, ceux-ci, non contens de moleſter les Bâtimens françois qu'ils rencontrent en mer, inſultent & vexent encore les Conſuls & les Négocians françois qui fe trouvent dans les Échelles où ils abordent; lorſqu'à l'avenir il arrivera des procédés irréguliers de cette nature, les Pachas, Commandans & autres Officiers de notre Empire, protégeront & défendront les Conſuls & les Marchands françois, & fur les témoignages que rendront les Ambaſſadeurs & les Conſuls, que les Bâtimens qui viendront fous les fortereſſes & dans les Échelles de nos États, font véritablement françois, on empêchera de toutes manières que ces Corſaires ne les prennent, & l'on ne prendra aucun Bâtiment fous le canon ; & fi ces Corfaires caufent quelque dommage aux François, dans les endroits de notre Empire où il y aura des Pachas & des Commandans, il fera permis, pour intimider, de donner des ordres rigoureux pour leur faire fupporter les pertes & les dommages qui feront furvenus.

82.

LORSQUE les endroits, dont les Religieux dépendans de la France ont la poffeffion & la jouiffance à Jéru-falem, ainfi qu'il en eft fait mention dans les articles précédemment accordés & actuellement renouvelés, auront befoin d'être réparés, pour prévenir la ruine à laquelle ils feroient expofés par la fuite des temps ; il fera permis d'accorder, à la réquifition de l'Am-baffadeur de France réfidant à ma Porte de félicité, des commandemens, pour que ces réparations foient faites d'une façon conforme aux tolérances de la Juftice ; & les Cadis, Commandans & autres Officiers, ne pourront mettre aucune forte d'empêchement aux chofes accordées * par commandement. Et comme il eft arrivé que nos Officiers, fous prétexte que l'on avoit fait des réparations fecretes dans les fufdits lieux y faifoient plufieurs vifites dans l'année, & rançonnoient les Religieux, Nous voulons que de la part des Pachas, Cadis, Commandans & autres Officiers qui s'y trou-vent, il ne foit fait qu'une vifite par an dans l'églife de l'endroit qu'ils nomment le *Sépulcre de Jefus,* de même que dans leurs autres Églises. & * lieux de visitation. Les Évêques & Religieux dépendans de l'Empereur de France, qui se trouvent dans mon Empire, seront protégés, tant qu'ils se tiendront dans les bornes de leur état, & personne ne pourra les empêcher d'exercer leur rit suivant leur usage, dans les églises qui sont entre leurs mains, de même que dans les autres lieux où ils habitent : * Et lorsque nos sujets tributaires & les François, iront & viendront les uns chez les autres, pour ventes, achats & autres affaires ; on ne pourra les molester contre les loix sacrées, pour cause de cette fréquentation ; & comme il est porté par les articles précédemment stipulés, qu'ils pourront lire l'Évangile dans les bornes de leur devoir, dans leur hôpital de Galata ; cependant cela n'ayant pas été exécuté, nous voulons que dans tel endroit où cet hôpital pourra se trouver à l'avenir, dans une forme juridique, ils puissent, conformément aux anciennes capitulations, y lire l'Évangile dans les bornes du devoir, sans être inquiétés à ce sujet.

83.

COMME l'amitié de la Cour de France avec ma Sublime Porte, est plus ancienne que celle des autres Cours, nous ordonnons pour qu'il soit traité avec elle de la manière la plus digne, que les privilèges & les honneurs pratiqués envers les autres Nations franques, aient aussi lieu à l'égard des sujets de l'Empereur de France.

84.

L'AMBASSADEUR, les Confuls & les Drogmans de France, ainfi que les Négocians & Artifans qui en dépendent; plus, les Capitaines des Bâtimens françois & leurs gens de mer, enfin leurs Religieux & leurs Évêques, tant qu'ils feront dans les bornes de leur état, & qu'ils s'abftiendront de toutes démarches qui pourroient porter atteinte aux devoirs de l'amitié & aux droits de la fincérité, jouiront dorénavant de ces anciens & nouveaux articles ci préfentement ftipulés, lefquels feront exécutés en faveur des quatre états cideffus mentionnés; & fi l'on venoit à produire même quelque commandement d'une date antérieure ou poftérieure, contraire à la teneur de ces articles, il reftera fans exécution, & fera fupprimé & biffé, conformément aux capitulations Impériales.

85.

MA généreufe & Sublime Porte ayant à préfent renouvelé la paix ci-devant conclue avec les François, & pour donner de plus en plus des témoignages d'une fincère amitié, y ayant à cet effet ajouté & fortifié certains articles convenables & néceffaires, il fera expédié des commandemens rigoureux à tous les Commandans & Officiers des principales Échelles & autres endroits où befoin fera, aux fins qu'à l'avenir il foit fait honneur aux articles de ma capitulation Impériale, & qu'on ait à s'abftenir de toute démarche contraire

G

à fon contenu, & il fera permis d'en faire l'enre-
giftrement dans les *Mahkemé* ou Tribunaux publics *.
Conféquemment, tant que de la part de Sa Majefté
le très-magnifique Empereur de France & de fes
fucceffeurs, il fera conftamment donné des témoignages
de fincérité & de bonne amitié envers notre glorieux
Empire le fiége du Califat: Pareillement de la part de
notre Majefté Impériale, je m'engage fous notre
augufte ferment le plus facré & le plus inviolable, foit
pour notre facrée perfonne Impériale, foit pour nos
auguftes fucceffeurs, de même que pour nos fuprêmes
Vifirs, nos honorés Pachas, & généralement tous nos
illuftres ferviteurs qui ont l'honneur & le bonheur d'être
dans notre efclavage, que jamais il ne fera rien permis
de contraire aux préfens articles : Et afin que de part &
d'autre on foit toujours attentif à fortifier & cimenter
les fondemens de la fincère amitié & de la bonne
correfpondance réciproque, Nous voulons que ces
gracieufes capitulations Impériales foient exécutées
felon leur noble teneur. Écrit le quatre de la Lune de
Rebiul-ewel, l'an de l'Égire onze cent cinquante-trois.

Dans la réfidence Impériale de Conftantinople
la bien gardée.

F I N.

www.ingramcontent.com/pod-product-compliance
Lightning Source LLC
Chambersburg PA
CBHW060809180626
46818CB00002B/771